言《こと》伝《づて》

風乃 アン
KAZENO An

文芸社

目次

郵便はがき

料金受取人払郵便

新宿局承認

7553

差出有効期間
2024年1月
31日まで
(切手不要)

160-8791

141

東京都新宿区新宿1－10－1

(株)文芸社

愛読者カード係 行

ふりがな お名前		明治 大正 昭和 平成	年生 歳
ふりがな ご住所	□□□-□□□□		性別 男・女
お電話 番 号	(書籍ご注文の際に必要です)	ご職業	
E-mail			
ご購読雑誌(複数可)		ご購読新聞 新聞	

最近読んでおもしろかった本や今後、とりあげてほしいテーマをお教えください。

ご自分の研究成果や経験、お考え等を出版してみたいというお気持ちはありますか。

ある　ない　内容・テーマ(　　　　)

現在完成した作品をお持ちですか。

ある　ない　ジャンル・原稿量(　　　　)

書　名			
お買上 書　店	都道　　　　市区 府県　　　　郡	書店名	書店
		ご購入日	年　　月　　日

本書をどこでお知りになりましたか?

1.書店店頭　2.知人にすすめられて　3.インターネット(サイト名　　　　　　)

4.DMハガキ　5.広告、記事を見て(新聞、雑誌名　　　　　　)

上の質問に関連して、ご購入の決め手となったのは?

1.タイトル　2.著者　3.内容　4.カバーデザイン　5.帯

その他ご自由にお書きください。

(　　　　　　　　　　　　　　　　　　　　)

本書についてのご意見、ご感想をお聞かせください。

①内容について

②カバー、タイトル、帯について

弊社Webサイトからもご意見、ご感想をお寄せいただけます。

ご協力ありがとうございました。

※お寄せいただいたご意見、ご感想は新聞広告等で匿名にて使わせていただくことがあります。

※お客様の個人情報は、小社からの連絡のみに使用します。社外に提供することは一切ありません。

■書籍のご注文は、お近くの書店または、ブックサービス(0120-29-9625)、セブンネットショッピング(http://7net.omni7.jp/)にお申し込み下さい。

一章　娘のぬくもりを

娘は私に「風のように生きて」と言伝して、二十三歳で天国へ。

友は語る。

「私は声楽科、彼女はピアノ科。ピアノ伴奏は彼女に、といつも多くの友人が依頼していたわ」

「内臓奇形（総胆管肥大）なんて誰も知らなかった。いつも長い髪を風になびかせ、楚々として美しかった」

「すると生まれつきのため、何が正常で何が異常なのかを知らない体だったのね。健康とかけはなれ重い命と向き合っていたと思うと、背すじが凍り肺腑はえぐられ……とめどなく流れる涙はかわくことはないの」

娘は、真っ青な空、田んぼに輝く稲穂の黄金の波、コスモスが美しく咲き揃う眺めの世界から永久に旅立ってしまった。

平安朝、僧正遍照の歌（百人一首）
「天の風　雲の通ひ路　吹き閉ぢよ　をとめの姿　しばし　とどめむ」
この歌は「風よ、美しく舞う少女が天女のように空に昇ってしまわないように、道をふさいでおくれ」とうたっています。
これは正に、今の私の思いなのです。しばしの間、私に娘のぬくもりを感じさせてください。足の向くまま、私は風に任せ、思い、娘のもとへ馳せ参じたいのです。

かさかさと音をたてて踏む朴の葉を器に、「たんぽぽ、すみれ、仏の座、いぬふぐり」の春を盛りつける。そして時は流れ、深い森に彷徨う。

「どさ～」「どさ～」と足音が響くが、誰もいない寂静の中。ただよう甘い香り。一つ二つ三つと朴の大輪が落ちていた。つぼみのまま手折って生けても決して花開かぬままだと云う。山の女王（朴の花）は貴賓高く花開くのを待ち、大地に命を捧げると云う。

私には誰もいない女王の香りが娘なのです。

あふれる森林の香りは生きる力。朴の葉も光り輝いている

水色に澄んだいぬふぐりの小さな花がかわいい

遠くを見渡せば、山にかかる幾条もの光の美しさ。近くを見渡せば、足もとにかかる霜の冷たさ。とにかく寒いとがった冷気がどこまでも追いかけてくる。そんな風を感じながらも娘を追う。

「春」はキツネ、ムササビ、猪、鹿など、人と共存してもいいほどの近場に現れる。節分草、カタクリ、山桜へと花ごよみは移る。

「夏」はホタルが飛びかい、川遊びの後の露天風呂もまた楽しいもの。

「秋」はひらたけ、ムカゴ、マタタビ酒で紅葉を愛でながら膳をかこむ。

「冬」はふきのとう、春を告げる味覚として新鮮な香りとほろ苦さが絶妙。

娘は「風のように生きて」と語っていた。それは、きっとこのような時の流れの豊かさ、ゆったりと過ごす「明日への希望につながるメッセージ」だったのでしょうか。

娘の名前の一字と「風」を生かし、「風仁庵」という小さな「いろり庵」が生まれました。

人との出会いは人生を豊かにする引き出しです。「生」は縦糸に、「出会い」を横糸にして、一期一会が輝きとなって織り込まれていくように、やさしく豊かな絆を織り上げる庵にして、そこでは多くの人々が関わり交流し合っています。

太陽とともに起き、遠方の視界には変容した山々などの自然が広がり、この世離れした蜃気楼の中、静寂に満ちた輝きを感じながら一日が始まります。

『さあ、今日は火曜日。風仁庵コーラスの日』

うたごえサロンでは、自分の声を楽器にした「世界一の楽器」の音色が山あいに響く。

小休止ありでお茶と手づくりお菓子、語らいなども一興です。

娘のピアノがよろこんでいます。私もよろこびます。

みんなうれしそうに里山に向かい歌っています。

どこからか「入り合いの鐘」が静かに響き、山の端に日が沈みます。

風仁庵へ続く橋。栗の木のきざはしを下りれば露天風呂

紅葉の中の風仁庵。色づく秋。いろはふぶきの絵巻に酔いしれて

ニホンカモシカはめったに現れぬ「天然記念物」

外は秋。「もみじ」の曲を弾きましょう

昔もここで咲いていたのか、
凛として眩いヤマユリ

二章　暮らしの中に『ありがとう』

明日への希望を求めて――。『枕草子』で「春はあけぼの」「夏はよる」「秋は夕暮」「冬はつとめて霜のいとしろきも……」。『竹取物語（かぐや姫）』で竹林を思い、『徒然草』で「つれづれなるままに日くらし」、『方丈記』で「流れゆく河はとどまることがなく、しかもいつも同じ水ではない」。

まるで古典文学の中で暮らしているような風仁庵には、「天水亭《てんすいてい》」と名付けた清らかな川が流れ、水鳥、ホタルもつどう。木々のざわめき、鳥が水鏡に影を落とす姿は、それはそれはみごとである。

風仁庵に佇むと、水、光、風、小鳥たちのさえずり、木々の触れ合う音、秋色の風景が心にしみる。その美しさに体はふるえ、泪してしまう。自然の暮らしの中に己を映し、気持ちが高ぶってゆくのを感じ、感謝でいっぱいになる。

『ありがとう！』

天水亭。夜は、まるで空の星が暗闇で不思議な水音を奏でているかのよう

でもこんな夜もある。

「ホ～ホホホ」とものがなしげに鳴くふくろうの声が聞こえてくる。山奥の奥の闇から、雨のしずく、木々の冷気を渡り、この風仁庵へ伝えにきたのだろうか。まるで昔の、父母のいない、切ない、あわれな兄妹がよりそって泣いているようなかなしい夜であることを。

そして思い出すのは、長兄が〝年季奉公〟でたった月一度の休みに菓子折を持って帰ってきたこと。箱を開くと和菓子がお花畑のように色鮮やかに広がり、もうそれまでのかなしみはなく、夢のような瞬間に笑みがこぼれる。甘い美しい花菓子は明日への希望となった。

『ありがとう！』（その兄はもういない、会いたい！）

日記帖を繙きながら文字を紡いでいる瞬間ほど自由で、まるで光の糸が四方八方にちりばめられた魔法の世界に引き込まれたように、何もかも忘れさせてくれる。それに文字を書くことだけではなく、心が躍るような自由な時間は、身近な暮らしの中にあることも。

たとえば峠の道は、まるで『赤毛のアン』に思い馳せるような創造の世界。本の中でマシュウ、マリラ、そして赤毛のアンは「グリーンケーブルズ」とよばれている、村はずれの家に住んでいる。まさしくそこは我が家（風仁庵）である。

アンになって散歩すると、小鳥のさえずりのここちよさ、くるみの木の下でかわいいリスが私をみつめている。

峠を「のの坂」と命名し、「♪の〜の〜の♪」と発声練習の場。

野の花（野紺菊、野アザミ、秋のタムラ草、ミズヒキ、エノコロ草、ススキなど）を手折り、訪れる人におもてなしの心を添えて門柱の竹づつに生ける。

歩くところは野原のお花畑、美しすぎるほど。とくに地上にちりばめられた秋のタムラ草、野アザミが目を引く。頬にこぼれる銀のしずくが花にこぼれる。

『ありがとう！』

途切れることなく四季の野の花を生けて

野アザミ。紅紫色の小花が色鮮やかで、まるで宝石のよう

コロナ禍の不安な今日このごろ、どう折り合いをつけて暮らしたらいいのだろうかと思案する。

「どこも行けない、人にも会えない、時間が止まっている」、ネジを巻いても動かない。

「ならば、もういい！」、そんな時間にさようならして……。

現実はきびしいが、一歩進めば変えられる力があることを信じたい。それにはまず、「コロナにかからない、うつさない、基本の生活スタイルを守ること」を基本にして前へ。

芽ぶく春にただよう梅の香、森でさえずる小鳥たちはどこに？　おどろおどろしく雲はたなびき、魔物にとりつかれ、当たりまえの日々は今どこに……？

「当たりまえの日々を下さい」

希望を抱くが、すぐに深い、切ない、つらいコロナ禍と向き合う日々が訪れるのである。

毎日の心の急変にどう対処したらいいのだろうかと立ち止まり考える。

そうだ、以前のように〝赤毛のアン〟になって歩いてみよう。

峠に放たれた朴（山の女王）の香り、甘く優しい。

どこかなつかしく、いつの時代のことか思い出せない。
でも甘ずっぱさが今、幻のように消え去って行く。

「今日も歩く」「明日も歩く」「可能な限り歩いてみよう」。今までの暮らしからずれた場所にいるのは私だけではない。「私は思う　ひたすら歩こう」。

◦峠越え　芽ぶく色さし　染工房
◦摘み草に　たくす色ぞめ　夢の色(延喜式色命)
◦カタクリの　山の妖精　紫の衣
◦ひとり立ち　星ふる巴の　桜旅
◦川岸に　朽ちた墓石　みえかくれ
◦山吹の　小径にゆらぐ　花灯り
◦やぶ椿　長い階段　こぼれ花

椿のこぼれ花、木陰にひとつ、ふたつ

まるで大空をかける風のように、とめどない、心の写生が舞いおりる。

やわらかい光が体を通り抜ける。

力づよくもあり、よわよわしくもある。

そして春が近づいている気配はここに――。

でも「さようなら」と別れるのか、「またね」と行き来を見極めて生きるのか、それは誰にもわからない。


コロナ禍は必ずしも不幸なことだけではないということを言い切れるだろうか。

これからずっと考えつづけるだろう。

『とりあえず、ありがとう』

三章　風になって

紫雲は峰々を見渡し、空高く舞ってから瞬く間に消えてしまった。紫雲にのった娘の姿が見えた時、娘が逝ってはや三十年、私は八十歳になり、この風仁庵は多くの人が集う場となった。

死者の魂は私たちの心の中に輝き、動物は人間を「獣の叫び」で妖怪の住む別世界に誘い、深い心の響きはしんしんと静まり闇の音となる。植物はこの地上に花をちりばめ滋養となる命を与える。

森の間からこぼれる月の灯り、それは森に住むどなたかの佇まいだろうか。やわらかな光を放ち、手招きしているかのように揺れている。

「子を亡くした親のかなしみは癒えることはない」。

この世に悶え苦しみながら、私は「風になって」生きた。きっと今夜の月灯りは、「言伝」を追い求めて紆余曲折しながら八十歳を迎えた老婆に、「風のような世界は娘と共に生きた中にあり、もういいんだよ」と優しく語りかけているようであった。そして『言伝とは、人の心に潜む願いではないだろうか』と気づく。

闇夜に月が宿る、山怪の叫びも聞こえる

「死においては多は一となり　生においては一は多になる」という

タゴールの詩集の一節のように、

「私の生も一に締め括られ、やがて地球の星たちに別れを告げる日が訪れることも知っている」。

早朝の空に金星がキラキラ輝き、西方には冴えた美しい月が不思議な光を放ち、今日が訪れたことを知らせる。

『今日にありがとう！』

四章　娘へ

白モクレンの月命日

薪ストーブに甲斐犬、柴犬が暖をとり、おだやかな眠りに誘われ、私も娘の「パンドラの箱」を開けてみましょう。

白モクレンの大好きだった三歳のあの日、「おかあさん、ここにいたいの。ほら白雪姫がドレスを着て座っているでしょう、きれい……」と白モクレンが咲き揃う場に立ち、風に揺らぐ花びらをじっと見つめていた。我が「風仁庵」にも白モクレンを一本植え、それが今咲き出している。仏様におはぎと共に手向ける。

純白の輝き、透き通るやわらかさ

どんなに癒された日々だったか……会いたい！

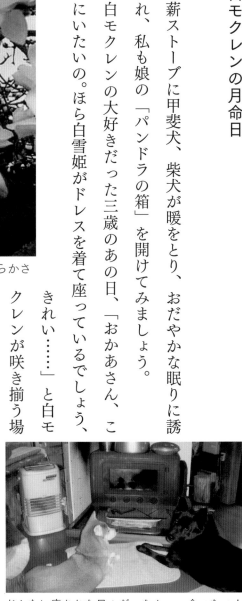

クローバーの月命日

友達と野原でクローバーの花摘みをするのが大好きだった娘。妹にクローバーの首かざり、家には花束を作り、よろこびいさんで家路へ。友と別れ路地を曲がると、今までおしゃべりしていたおばちゃんたちがクモの子を散らしたように家の中へ。いつも娘に難問を尋ねられ、皆頭を抱え困っていたと言う。

妹に「広い空を見ようとしても電線がじゃまして、たのしくないの」と言ったら、妹から「それはね、おねえちゃん、スズメが三羽止まるため」と返され、ハトが豆鉄砲をくったようにびっくり。

父親はその娘たちのやり取りを知り、優しい心根に安心したとのこと。姉は「わからないことはお父さんに聞きなさい」と妹に語り、父親もまた「自分でも調べることが考える力になってくる」と語った。

四つ葉さがしは幸せさがし

桜花の美しい月命日

娘は季節の変わり目には体調を崩し、発熱、全身の激痛を伴う苦しみに、父親に抱きかかえられながら病院へ。私はただおろおろして、「このまま命が終わってしまうのだろうか」と娘が苦しむたびに恐ろしさに震えていた。

中学生になった娘は八時間に及ぶ大手術（自分の腸を胆管に）に耐え、桜の美しさを仰ぎ、生きている喜びを感じてお世話になった大勢の人たちに感謝した。

桜月はあふれる涙をおさえて美を愛でる

それもつかの間の二十三歳の春、再び入院することになり、満開の桜の木の下で家族四人が、手術の成功を願って「花の宴」を開いた。手作りの春ずし、おにしめ、ミルクゼリー、菜の花のおひたしなどにも桜花が舞い落ち、色鮮やかさをいっそう際立たせていた。風に舞った花びらが、娘や妹の黒髪にかんざしのように降り注ぐさまは、我が子でありながらも美しく、いとおしく、このまま時間が止まってほしいと思えた。

コスモスの本命日

静かな午後の病室、コスモスの花束が美しい。

娘は見舞いに訪れる人たちに「今日もありがとう」といつも笑顔であいさつし、「コスモスのお姫様」と言われた。

どこからかトランペットの音色が響き、部屋いっぱいに広がっている。娘は静かに目を開き、「あ、『母さんのうた』」と泪をうるませていた。

トランペットの音は看護師さんの演奏であった。あまりにも若くしてはかない命が消えようとしている娘の魂に、静寂さに満たされた、はかなくも力づよく美しい音色がちりばめられていくそのトランペットの音色は、この世の全てを奮い立たせるように心に響いた。

宇宙をコスモスと呼ぶ。
天上にも咲いているのでしょうか

おわりに

秋晴れの日、娘の葬儀は自宅でとりおこなった。僧侶が読経を唱えることになっていたが、その時間がきてもおみえにならない。車の渋滞に巻き込まれていたのである。しばらく空虚な時間が流れていた時、音大生である娘の友人たちが電子ピアノを家から用意し、「野ばら（シューベルト）」「花の歌（ランゲ）」「別れの曲（ショパン）」の演奏が途切れることなく流れた。そのとっさの行動が参列者に悲しく切ない感動を与え、皆すすり泣き、泪の雨がとめどなく流れた。娘の想いを永遠に消し去ることのない音楽葬になった。

出棺すると、路地には花・花・花が飾られ、誰が手折って生けたのだろうか、コスモスの花が静かに揺れていた。

娘は二度の大手術を受け、この美しいコスモス・桜花・白モクレン・クローバーを見ることなく天国へ旅立った。

我が「風仁庵」に植えた一本の山桜は華やかさはないが、穏やかに静かに私たちを見守っているのだろう。
三十年が経ち、今も娘のことを不思議な世界に誘う天子様だったのではと思い、語り、交流する日々である。

二〇二三年四月

風乃アン

著者プロフィール

風乃 アン（かぜの あん）

静岡県生まれ。体験館「風仁庵」（1日1組限定の宿）主催。

幼児教育に携わり、かつてシャンソン歌手・芦野宏の全国私立保育園研究大会記念レコード「私たちがいるんです」（TOSHIBA-EMI）にコーラスグループで参加。ほか、染織の作家としても活動し、不定期で展覧会を開催している。

【受賞歴】

三井住友信託銀行主催 第9回わたし遺産
準大賞受賞（エッセイ「ちゃぶ台」のある風景）

言伝《ことづて》

2023年5月15日　初版第1刷発行

著　者　風乃 アン
発行者　瓜谷 綱延
発行所　株式会社文芸社
〒160-0022　東京都新宿区新宿1－10－1
電話　03-5369-3060（代表）
03-5369-2299（販売）

印刷所　株式会社暁印刷

ISBN978-4-286-25036-6